JOSÉ F. A. OLIVER

# 21 Gedichte aus Istanbul
# 4 Briefe &
# 10 Fotow:orte

Matthes & Seitz Berlin

**Inhalt**

*21 Gedichte aus Istanbul*



*4 Briefe*

# 21 Gedichte aus Istanbul

& küsse den mund
der stadt
& räume mich ein
& räume mich f:ort
der stadt
bin möwe & feder
zerbrochener flaum
der stadt
& trage auf händen
das schuhwerk den tag
& die nacht
der stadt
den weg im gesicht
aus dem blick
in den sinn
der stadt
& bin die stadt
die augen wie flügel
bin ohr & klang
der stadt
& gehe, gehe

& küsst meinen mund
die stadt
& küsst & küsst
meinen mund
der stadt & geht

& geht ihren gang
die stadt

*Für Claudia Hahn-Raabe*

## abendstimmung, august in T.

die kellner räumen die tischdecken ab
am kai sitzt ein liebespaar
aus kopftuch & kopftuch
in einem boot auf deck
schläft satt ein windmatrose
im schatten einer verstümmelten pappel
liegt schwer eine schwangere hündin, sie bellt nicht
daneben zerfallen villen wie träume
ein radfahrer schwimmt durch die luft

die toten angeln die zeit in die nacht.
Hier sind wir. Kein ich allein

**& aus dem schattenloch** aus dem notkunftsfieber ins leicht ins leicht
lichtleben geplündertes magdalenenrot, babylonisches *er*
*be* & schlaf ist ein zerrissenes tuch ein alphabet das buch
staben spuckt & traumloswirklich / ist nicht mehr wunschbloß & engelwund &
»gebettet auf rosen« / sanft das *zart*
*idyll* ist rost / ist rost
spurzeit aufs herz gestöhnte schleierfragmente & nutzleib ab
gegolten mit begehrlichen händen ab
gegriffen : DIE ZAHLMAST ZAHLMEIST
ER, HERR DER EJAKULATIONEN, schließl
ich & die mit dem maskengeäug &
schwanzverknüppelt & die verwuchern im eigenen saft vor un
sicherheit. Es / mit sicherheit es
könnte wäre IST. anbul / *somnambul* auch ein zu
geständnis eine nachtgefolterte zuwendung an die selbstverließe, indes
die verlassene haut / immer
die verwaiste haut danach & nicht zu übersetzen
die adoptierte tätowierung &
die sich auflösende grammatik der sinne
stämmig sämige fleischnacktgier, wer
steuert wen? wer legt hand an, wo?

man sagt, die sehnsucht sei
eine zypresse
gewesen
ein ansehnlicher junge schlank und ein himmelfürsprech
ein weinjungenmann der poetischen dichte
& auglust sei einst ein türkischer sklave genannt, wenngleich
nicht fügsam wie inder (vielleicht war das der lyrische reiz)
die sich niemals ergebende nähe der schönheit
»if that Turk of Shiraz should gain my heart
I bestow upon him Samarkand and Bukhara for his black beauty spot« (Williman Jones)

indes die leibschieren körper-
w:orte

das geist / der fleisch
die herz / die geist
das seele / der seele, die sich

bestreunenden artikel, die sich
& sich

**erklären Sie mir die Türkei… weil der nebel der nebel**

des sultans die städte verschleiert
sind schattenangler zu kaie
zu kaie die krude wesenheit
fliegt auf der möwen

erst kamen die wasser-
feuer & waren
griechisch & byzanthinisch & waren
einst mauern & leitern dann ritten
die steigbügel an aus land & land

vom Jemen bis hin nach Makedonien,
von Afrika ernährt & osmanisch
bis an den Kaukasus & zog
zog nach Paris der letzte kalif

»Die Dichtung
steht Dir im Weg, Kemal
wenn Du ein guter Soldat sein willst!«
& brachte der trompetenausrufer brachte
ihm feldflaschen dar mit schnäpsen gefüllt

die zwickel im kopf der goldenen lettern
trank Kemal die kunst des krieges
& trank & trank
& zwang das alphabet in die knie

erklären Sie mir die Türkei
weil der nebel der nebel
die schwarzen kolonnen wuchten vorüber
die erben
& auf der haut nisten die wespen

**Cihangir, blick*ler***
**auf den Mädchenturm, blick*ler* auf Üsküdar, im diesigen die Prinzen-**
**inseln & im blick die lirakünftigen glashausbörsen, money gated**
**communities & Türkisch für Anfänger**

sprungankerlang
baut sich ein kuckucksnest die *Princess Royal* wo einst das gemeine volk verhauste wo einst
das fußvolk dereinst (yol) von shopping X zu shopping mall & bauen sich ein nestversuch die
nebel-
krähen bauen uns ein letztes nest in den angsttriebschatten & vom nebelhorn der dumpfe
alttraktorklang der lastcontainerschiffe die den hals (boğaz) nicht voll / bauen sich ein fluchtexil

leben-
sraum

ein narbennest
im fäulnisreservat der stadtmaroden zeder (sedir)         : abschluckt die nebelkrähen sich & keine
krallen auf die zweige bringend im ast im asthort / lufthort & im horizontdunstaug / am sand-
dorfufer
(köy) skizziert das planfinanzdistrikt die künftigen kalenderrisse in der megacity lust am
abgrundechobrett & wahnsymphonisch das hör- und sehstück wundlandschaft in den

fress-
beton

**...habe** (1 zwischennotiz) *habe*

*ein groß blut gekostet* berichtete Ludwig Wilhelm
von Baden seinem kaiser ~~ergiebigst~~ / erdienigst ergeben der »Tür
kenlouis« (es ging ja / ging's? schließlich um *Türken* und Tür & Tor, soweiter sofort &
~~immer~~ständigsoweiter ohn unterlass doch das nur am rande
bemerkt)
so~~)~~ wie sie ihn riefen benamsten & auch in Freiburg i.B. / z.B. ~~noch immer~~
ist eine erinnerungsstraße benannt nach ~~ihm~~ dem prinzen dem »Tür
kenlouis« & drängen sich auf /
andrängen sich ~~heuer~~ nachselbst die w:orte wie BLUT-
BAD & Baden & BAD IN DER MENGE der jetztzeitverschworenen brüder
(manchmal auch schwestern im menschhaft verwaisten koran u.a.)
der mit den heiligen schriften sich tod-
gebildeten sprengstoffexperten / religio-
verhalsten der glaubensverglaubten & *alß daß* ~~sagte~~ tat kund // rapport

erstattend
dem kaiser dem Habsburger haben, *alß das*, sagt~~e~~ Ludwig
Wilhem von Baden, *alß daß*
*ich nicht glaube,*
*daß in dießem seculo* (in saeculum? saeculorum so lernten wir ~~schon~~ bald
als ministranten: »Es kann die Spur von meinen Erdentagen
nicht in Äonen untergehen« war ~~dann~~ später schließlich) *ein scherffers*
*und blutigers gefecht vorbey-*
*gangen* & wund-
stolz wahr
scheinlich
verzeichnete das annum i.H. 16 & 9 & 1 die totgeklaubten die
unter sichel & kreuz & mond verrafften
aufs feld ~~übers feld~~ & über ~~die~~ felder ins feld gepfählten / DER TOD der sich
mit Hab
sburg & blut & kreuz- und halbmond lachte ins fäustchen & die faust
sich ballt bis heute lacht
& schallend lacht sich maßlos lacht & sich ~~dann~~ übergibt & kotzt & aus-
kotzt ~~&~~ weiter
verkotzt die zahlenorte & zahlen & übrigzahlen, etc. in aller nomini & patriae all derer DIE
im namen der HERREN so HERRN, so ist auch widerheuer zu berichten / ich weiß

Du weißt, nichts hat in nuce ~~sich~~ verändert sich
die schatten ~~ver~~welken im schatten ~~der~~ aus schatten
aus zahlwerk ~~und~~ & schatten die namenlos b:
leiben & ist
~~keine~~ nicht eine straße ein platz ein denkmals~~ort~~gemach benannt nach denen
die einst gewesen & waren ~~und~~ & sind als futter gedacht & erplant
vorbei
gegangen, indes
kranzt weithin verall
gemeinert der ort des unbe
kannten soldaten
(wie in daten die zahlen) das herrschergedächtnis
funktionalisiert auf dienstpflicht und leibsresultat wie in *scherffers*
*und blutigers gefecht*)

## kaum in Beşiktaş & hat etwas

vom drive einer mittleren westernstadt im innern / ein improvisierter aufbruch
ein saloonankunftsentwurf & das leichte mädchen handelsspanne
an jeder ecke ähnlichgleich 1 freizünftiges kostüm aus lira & hügelauf
die rhythmen sind transiterregt (& fast erotisch) palmtaubentriebig
die gelassenheit der neugier die chuzpe reizhoheit
auf kundschaftszuspruch ausgelegt & scheinbar unbeteiligt unbedarft
die kaufmannsburschen auf den billigwaren massen waren sitzend auf den waren nicht
auf den worten & stummfilmtrödelnd lautverpegelt sich mein blick
(wunderfitzkontemplationen) & die sicherheitsdistanzen
das ankömmlings –
wo bind' ich an die rast? die zeit
an diesem wandernachmittag
ist eine sich ins läuternde der uhren hergestillte unversehens
sie feilt dem zartgezähmten hungerstrich dem durstmanöver eitelkeiten
(1 hilfbe dürftiges verkeilen im mitgebrachten urteilsmix)
ein lächeln ab wo augen sich zufallsereignen
oder schier schauen angeplant, aufspürend augskizziert / auch hier
sind Roma unterwegs die mütter

schleppen letternschwer papier als abend-
brot nach hause die söhne
spielen handyleicht mit dem bewusstsein
ihrer herkunft. So ziehen sich die straßen an (und aus) &
hügelaufwärts kontraktiert *y cada uno con su tema*
1 herzverschlag spätsommermilde & pumpt verlangen &
auf den fenstersimsen putzen
die tauben sich den tag vom leib
als könnten sie's nicht glauben
wie hügelan & hügelabwärts die nacht herab sich bald
um gar nichts schert der tag
da fällt mir auf die zärt lichkeit
kennt auch die männer
in der distanz der nahen gesten
der nächste arm die nächste wange & freund- und mannvertraut
nur manche kauern unberührt & »fort
bei sich«              : 1 romajüngling lässt sich treiben
vom kartenspiel der illusion & flugs
holt sich der abend seine gäste
: 1 erster afrikaner dreht bald die handelsrunde
verkauft schwarz rote uhren : ARM BAND ZEIT

die nacht erwacht zur promenadenkür
1 dönerpacken geht zur neige / der nächste ballen steht bereit
im grillspiel nebenan. Ich trinke bier & bin
millionenfach
millionenfach, *so what*? und kaum in Beşiktaş. Ich bin
& unbedeutendes revier & augenblicklich.

**Levent, 16 Uhr, beispielsweise** **: aufklappbares glasserail & spiegel-**
(POETIK DES ENTZIFFERNS I)

sturz spiegel~~bau~~ zur stelle aus dem stand aus dem machtstand / auf

gestürzte zerrspiegel, glanztumbe frömmig
keit der kälte & wie wir & wie wirsam wir folgsam dem tod ~~begegnen~~ & auf sand börsensand
gebaut eine fallende vogel **(falsches GE**
**SCHLECHT)**
feder der perspektive / meditationskanzel von unten 1 blindenlos das freizügige glas~~gebet~~ die
glasmoscheen im himmelsgewand im glasw:ort stehend ~~spiegelt~~ **betet** sich im kran das glas
~~spiegelt~~ **betet** sich im glas der kran ~~spiegelt~~ **betet** sich im menschen**w:ort** die geometrie des
babylonischen fluges 1 flug~~fieber~~sturz 1 towerstau : *well done* heißt durch & durch baufirm
**amen** t & die architektur der kon firmationen komm
unionen (trennungsanarchisch) die

reinigung & mnschberei
nigt. Wer schwingt das lasso, cowboy?

ANTLITZPOESIE fällt mir ein & man müsse ein gedicht so schreiben, dass wenn man es gegen das fenster ~~werfe~~, das glas ~~zerbräche~~ (Charms), aber

die erdbebenkarten 1 reality-comic für besorgte &
mapping poetic voices, aber die GRAPHIC NOVEL, SEIS
MO GRAPH

die im hüttenprekären ~~verhausen~~ verlausen : verhaust
die in den *gated communities* ~~eingebilderten~~ verlausen : eingebildert

die in den gefängnissen ~~wachgeleibten~~ verlausen : wachgeleibt
die im tintenschatten ~~postalphabetisierten~~ verlausen : postalphabetisiert

die immerwährenden die nachkommenden

der brühmaisverkäufer
der papiertaschentuchgreis am schnellstraßenrand
der jungbettler & der rosenknabe
die nichtweiblichen bosporusspringer & (genderkorrekt)

das kreuzworträtsel ZU
kunft. Wer?
stellt die fragen. Wer
stellt die antwort
den antw:
ortsschöpfer? **DIE**

: *kriegs-*
*beute* sagt der zeitbegriff hieße auf türkisch *çapul* & *çapulcu*
sei der plünderer der räuber / IST

anbul wie in somnambul, schlaf
trächtig oder die morphologie der schlaftrachtver
ordnung der künstlichen hügelspitzen, post demo kra tisch

»zu Tisch, bitte, zu Tisch!«

**straßen luft pirouette, kompassnadel**

(Fatih – Eminönü in Richtung Sultanahmet)

ist tagesnotiz (man hat notiz davon genommen) & ist im verenden ist 1 kopf-
steinpflaster ist tot plötzlich ist eine notiz vom tod ist todesnotiz &
eine gassenmöwe (füttertaube?) erfasst & ist
unverhoffte todesdienerin der kulisse plötzlich ist
der vogel 1 zu-
schauermoment ist
1 auf
schrei ist schluss-
w:ort der totgefahrene flug & zusammenzucken
die wäscheleine (neapolitanisch oder mediterran, ganz) der ausgleich hangoben
zwischen hosen & röcken & satellitenempfängen (neue vollmonde) / 1 schüssel voll
blut 1 schüssel voll tod &
keine trauer kurz vor Hayasofia & karren vorbei karren an die touren
augen & ohren & münder & ist der tod plöztlich 1 selbst-
läufer & habe die nachricht vernommen es sei nicht anders mach
bar
& ohne kollateralschäden ginge es nicht &

**notat für Regine & Hans-Werner**
(am tag ihrer abreise aus T.)

& im matrosenhaus die knochen wie un
geziefer
der wünsche / verrichteter dinge gekommen gegangen ge
macht war der tod gewesen & ist & auf see heute morgen
1 sonntag 1 herr
gottstag*date* & betonschwere tempi des wassers
: die aussegnungsdichte der sommerkalender & schnattert nach-
richten / richten befehle (wie richten an
gerichtet zu richten)
die selbst-
konferenz der möwen
vercliquten der zeit
ungsenten der *erpel*
*manöver* & auf-

gefallen zurechtgebettet das soll & habengedenken & allahgottesackern & sind
die gräber
blickdicht versetzt »Oh, Bos
porusenge, du schönere Aussicht, daten-
friedhöflich« vom land ins wasser vom wasser ins land in den boden
die namensdeutschen, z.B. (»grab, du leergut entleben, nur dass der pfand nichts nützt den
toten« & wieder sind anker der waffen gelichtet die voraus geschickten sich bald
verkreuzten / verenden w:erden nicht nur
die matrosen & weiß 1 gott weiß 1 allah weiß
sticht der stern der mond
mit hörnern auf halbmast sticht ein das meer
in die haut & sagt jemand BETE!
»wehr dich, verwehr dich!« / doch b:leibt
das kriegsmaul das kriegs-
wo? & kriegsvo
ist kabu*lar* der plural von Kabul wo kriegs wo?
Krieg & kabul, wo das vergessen vergaß vor kurzem & kreuz~~es~~erneuert
begonnen der blutende mond & blutend das kreuz & blutend ver
blutet
& im matrosenhaus die künftigen knochen wie un
geziefer

der wünsche & blindlings auf see heute morgen
dieses notat wie schwimm
flügel / flügel & ohn
mensch & ohn
sinn
enthauptet die sprache das sprechen
behauptet es sei & es müsse

## Kadıköy

den schatten folgen den strömungsschatten folgen dem taubenblau dem türkis ans land folgen den stimmen folgen den ausweichenden blicken den nicht ausweichenden blicken und den worten dem wortschleier folgen und dem spärlichen englisch folgen und dem geruch dem marktgeruch dem fischgeruch folgen und dem zappeln der fische auf den auslagen folgen den kaffeehäusern den kaffeeimprovisationen den kaffeecafés folgen und dem kreuz folgen dem halbmond dem stern folgen und dem cello folgen dem lied folgen dem türkischen und dem armenischen folgen und ins kurdische folgen und in den mund folgen dem gaumen folgen dem ohr und dem müezzin folgen dem aufmüpfigen der singvögel in den käfigen folgen und dem restaurierten arabisch folgen und in ägypten schlagen sie sich tot und den nachrichten folgen und den blutleibern folgen und den unverständlichen und nicht begreiflichen bildern folgen und folgen dem turkish delight und der lust auf süßes folgen und den urlaubsorten am roten meer folgen und den eingehüllten leichentuchwörtern folgen und den schreien und dem granatapfel folgen den pistazien und dem zuckerfest folgen dem tee dem mokka dem datum folgen der zeit und der zeit folgen der zeit.

## Armenisches Gotteshaus, Kadıköy

nahwunden, die verschlossenen türen sprechen
von nahwunden / nächstens zuvorkommen: prä
sentiert
das DANACH prä
: sentiert das GEKREUZ & un-
umwunden das kreuz unumwunden windet sich
die flagge der sichelmond der nadelspitzenmond der
stern nahezu herkömmlich im mondmaul & rot
das tuch & rot das nicht sichtbare vom kreuz
vom mond vom stern das bare
kreuz

**sonnt sich** mit nackten oberkörper sonnt sich am sonnenstrick hängend an den sehnsuchtsfäden sonnen schein sonnt sich mit entblößter brust mit entblößter haaresbrust am Bosporus sonnt sich beinwärts : *Boğaz* & den hals den körperhals streckend & beugend den ort sich & sonnengebeugt er & hungrig nach sonnenleibern nach s:einem nackten sonnenlaib nach warm entblößter brust wie brot wie brotwarmzärtlich das verlangen & eigenlust nach seiner leichtschwarz behaart entblößten brust sonnt sich mit nackter begehr & b:leibt bleibt ist für einen augenblick er

## »atmosphärisch alltagssicher« 1 tatoo im nacken

auf den waden 1 tatoo im lächeln 1 tatoo auf
getragen 1 bereitz verblasster name einer geliebten er
liebten 1 farbtatoo
von den innenseiten des unterarmes aufwärts vor
stöbernd ins unsichtbare von den augen in die hände
gelegt 1 augenaufschlag der straße an diesem
nachmittag oder frühen abend in einem café 1 tatoo
auf der speisenkarte sich 1 getränk bestellend
1 tatoo der mageren sehnsucht (langstichiges lang-
atmiges wort) im nacken in den ohren auf den augen
1 tatoo sehnsuchtsblässe sehnsuchtsschwarz die flocken-
sprache 1 tatoo
ungestochenes wort & 1 blindtatoo & eingetrocknet
die zeit 1 tatoo zeit-
schmerz, 1 schmerztatoo, usw.

**langsame depesche, Istanbul, İstiklâl**

und dann stehen sie da und dann bauen sie sich auf und dann fordert eine handvoll menschen das recht gehört zu werden und dann stehen die behelmten plötzlich nicht mehr da und dann bewegen diese sich wie ein schild wie eine mauer aus schildern und waffen und bewegen sich in reih und glied und dann drängen sie mit macht und schild und schritt und schritt für schritt bewegen sie die handvoll menschen ab und drängen sie schritt für schritt in einen panzerwagen und dann verschwinden die stimmen und dann sind die helme nicht mehr fast weiß und fast unbeschrieben und dann geht das leben fast so weiter und die anderen menschen gehen fast so weiter und ich gehe fast so weiter und goliath gegen david verzieht keine miene und dann sind es wieder ein paar stimmen weniger die recht fordern weil die ordnung ganz macht und hinmacht und wegmacht und dann

**vom blau** berührt vom blau
gekapert vom blau das sich
in deinen augen wehrt & auf-
begehrt ins blau gegossen
ins blau vergossen vom blau
das licht vom blau das schwarz
vom blau das deine augen aug-
verhangen & aus dem blau
die lust ins blau zurück
ins blau
was wäre wenn
ich? blind
vor blau

*arifinspiriert*

**windmeergerippe**

am diesigen abend, was ankommt. Am ufer
verharren

die tränenden augen
der bosporusangler die nachtsicht
der fische

die landfahrt besteigen
geheul & gesang

& reichen dem wasser
die kürzere zeit
das schiere gedächtnis verlassener uhren

**& warte**

& warten die biographien an den bushaltestellen & warten an den handys & warten zwischen den aufgerissenen hosen & warten in bärte verstrickt & warten von den glattrasierten brüsten abgerutscht & warten unter den sonnenbrillen über ihren köpfen & warten auf den früheren oder späteren bus & warten auf die inneren boten & jemand bettelt in der nähe der haltestelle & lässt sprechen eine tafel eine handschriftlich verfasste mitteilung & wartet das wort »Krebs« darauf dass es gelesen wird & das wort »Arbeitslosigkeit« & wartet der mund & wartet der mund vollgestopft mit schuhen & wartet der nachmittag auf die nächsten fahrkartenkontrolleure des staates & wartet das schweigen der entwerteten wege & wartet selbst dies gedicht auf sein ende wartet.

## am Bosporus, es sind

(*der dritte und der vierte blick*
*die mir w:orte w:erden*)

die lauerbespannten flügel der möwen
die sichtbojeninseln zwischen den küsten
die kontinentkanten am halsfluss der wasser
am ufer zerfleddern hürriyet-seiten
der regen danach druckt welt in den staub

der goldene armschmuck beschnittener bräute
der hungergeruch von geröstetem mais
der schatten des maules, des baumes, der beeren
ein rufender sucu nachts um halb zwei
verlangt eine lira pro flasche und durst

die mundzarte scheu eines paares in Fatih
die sommerberührung der lauteren scham
die kennzeichenordnung der streunenden hunde
mit yalı-gedächtnis die ältere dame
sie zählt ihre tage aus perlen und atem

das handelsverzucken der fische am marktstand
das friedhofsgebeinte der deutschen soldaten
das reizkonzentrat in den kiemen Beyoğlus
ein mädchen, das gasmaskensticker verscherbelt
in çay-hockerhaltung die zeit schlurft vorbei

*im einsamkeitstaumel ein plural der dinge*

## selbstportrait im dolmuş durch Istinye

*Für Rebecca Horn, anlässlich Ihrer Ausstellung in Istanbul*

das mondmandat & zwittrig
das kreuzgehörnte ohr, die w:orte
*sie* grunzen Frieden & besteigen

lüstern kriegsgebete. Auf dem rücken einer feige
narben katzenkrallen, w:und-
geleckte / so einfach ist es: ich

& ich! Istinye, beispielsweise
Istinye liegt an wasserhals & wald
& niemand lässt sich wirklich stören. Es wird

gewalkt
gejoggt getrimmt (*shitfit fürs bild-*
*manöver* fällt mir ein) längst sind

die augenringe ehe
& zappeln fische menschen, das prinzip
: wer leben will

macht tot. So schleifen sich die messer satt
& nähren schaft & klinge. Der hunger? Keine sorge
er laicht sich

seine öffnungszeiten. Das wetter? Nicht wirklich
von belang & ich? vom verserzählen ins mürb-
verstrickte

dichtermaul. Vergriffen, arkadaş. Willst du
die kalifatsessenzen trinken die vermilchten
glashauszungen?

**nana para madres**

& *gute nachtschlaf gut* so könnte 1 gedicht
zur ruhe so könnte allmählich dem tag 1 gedicht
& taumeln zumindest die haut & warm

& zweisam würden der tag & die nacht 1 gedicht
die w:orte legen ums wort im schlaf 1 gedicht
& buchstäblich schwere sie wäre gewesen

*Für Susanne und Georg*
*Tarabya, in der zeit des w:erdens*

# 4 Briefe

## **Istanbul**, erster Brief

Es ist oft windig am Bosporus und dieser erste Brief hängt an einer Angel. Ich weiß nicht, wie weit ich ausholen muss, um sie gezielt zu werfen. Mit welchem Schwung, in welchem Bogen? Vielleicht bin ich ja der Köder. Das Wasser beißt sich ohne Unterlass ans Land und kaut die Gedanken zurück in die See. Das Los der 18-Millionen-Metropole auf zwei Kontinenten war letzten Endes immer von ihm aus besiegelt worden. Dem Meer. Das schönste Wort der türkischen Sprache sei jedoch kein kriegerisches, sondern *yakamoz*: »Der Mond, der sich im Wasser spiegelt«. Die jungen Männer, die nachts in seine Wellen springen, werden dereinst als Väter davon erzählen. Nur sie wahrscheinlich. Denn Frauen, die unter den Uferblicken gebadet hätten, sah ich bisher keine. Ich gehe Fischbrötchen essen. Die kleinen Holzhocker wirken heimisch, die Makrelen *made in Norway*.

Am Hafenkai von Tarabya liegt festgestampft ein täuschend echter Kunstrasenteppich. Die Illusion ist nahezu perfekt. Dahinter ein Betoncafé. In der Bodenkuhle eines Maulbeerbaumes sackt ein alter Schäferhund. Ein Knäuel wüst zerrupfter Zotteln. Das Ohr markiert. Er schläft. Ganz anders die Stadt, die niemals ruht. Der Flaneur denkt unweigerlich an Straßenfäulnis, Mottenfraß, an Hundefänger. Auch die Hardcore-Polizisten sind auf Fang aus. Unberechenbare Wespenschwärme. Die Luft ist aufgeheizt im Zentrum Istanbuls. Hier hingegen funkelt Asien mattglanzfriedlich übers Wasser. Ein herbeigezupfter Perlenturm. Nur ausgerollt. Die Lichter glitzern nachtblaudunkel, hennarötlich, kupferneu. Die Stille der Moscheen mahnt prophetengrün, auch wenn die *Müezzine* nicht zum Gebet einladen. Manchmal lässt der Wind jedoch die Stimmen hinken. Dann gleichen die Rufgesänge einem Bandsalat des Himmels.

Vor kurzem begegnete mir der Satz: »Nimm von einer Geschichte, die man dir erzählt, die Hälfte, dann bist Du im Schatten der Wahrheit.« Mir wurde klar: Istanbul ist nicht nur eine

Wahrheit. Istanbul ist ein Menschenatlas voller Wirklichkeiten und eines ganz gewiss: Schnittwundrand und Narbe der Geschichte.

Auf der Wasserstraße kreuzt seit ein paar Tagen die Kriegsmarine. Offensichtlicher als sonst. Tausende von syrischen Flüchtlingen sind bereits gestrandet. Die meisten hat die Stadt verschluckt. Schwarzarbeit ist billiger. Istanbul beugt in jedem Augenblick die Tempi. Ein Lehrstück für das, was Weltgeschehen ist an der Peripherie Europasiens. Verdrängtes weist ins verordnete Schweigen. Verschwundenheiten paaren sich mit bewahrtem Ata-Stolz und Religionsgepräge. Nur allmählich wird mir ein Gespür für die Schachspielregeln der Landessprache. Der türkischen Grammatik. Es scheint als könnte man die Wörter unendlich aneinanderreihen. So wie diese Stadt ihr Maul aufsperrt und sich ins Hinterland verfrisst. Die Hüttennot der Slums; die schon am Reißbrett blankpolierten Bankhäuserminarette; die wohlstandskühlen Miniatur-Dubais für die, die börsendienen. Die Spiegelglas-Serails von Levent oder Maslak. Im Wettbewerb um die Historie, wo einst Byzanz ins Marmara-Meer trotzte und später Konstantinopel wurde und verging. Die Griechen und Armenier sind auch nicht mehr. So wenig wie die anderen der Weltzusammenkunft. Von den Kirchen und Synagogen will ich noch nicht sprechen. Nur von den Roma, den zwangsumgesiedelten. Sie klettern Stadtbezirk um Stadtviertel hinauf und karren Altpapier wie Muli. Überall indes klingt Anatolien an und auf der İstiklâl, der Einkaufsmeile, sind sogar kurdische Weisen zu vernehmen. Doch die Offenheit ist Scheingebet. In den Seitengassen von Beyoğlu versagen sich ihm deshalb die Jungen. Und ihre Eltern. Die gen Westen zugewandten. Unweit von Gezi, gleich neben Taksim. Präsent. So wie unentwegt Touristendampfer am Goldenen Horn die schweren Anker setzen. Für ein paar Stunden Orient. Wunschbazar. Nichts ahnen freilich die meisten Passagiere von den gottesfürchtigeren Ritualen in Teilen Fatihs oder von der jüngsten Wandersprache, die unvermeidlich in die frommen Viertel überschwappt. Die leichte russische Damenzunge für den ältesten Zeitvertreib der Hafenstädte.

In Kadıköy in Asien – *köy* heißt Dorf und *kadı* meint das Richteramt – steht vor einem Laden eine Schaufensterpuppe in Kindergröße. Blauäugig stumm erzählt sie von dem, was rumort. Sie trägt die Flecktarnuniform des Krieges. Mit Halbmondstern und Schulterklappen. Früh übt sich. Manche sagen, die sich häutende Ära hieße Postdemokratie. Nicht nur hier.

**Istanbul**, zweiter Brief

Zeitungsartikel stumpfen ein, TV-Programme schmalzen *soap*. Landesweit sind Journalisten ins Büßerhemd gezwängt. Ebenfalls am Pranger: Advokaten, Ärzte. Auch Hoteliers und Gastronomen, bei denen Demonstranten vor Pfeffergasattacken Zuflucht suchten. Doch Halt! Gemach! *Das* Demokratisierungspäckchen sei auf dem Weg – »noch ein paar Mal schlafen, dann ist's soweit«, frohlockte die AKP. Nun ist es da. Wo führt es hin? Mein zweiter Brief ist dementsprechend ein Nebelblick. Durch Milchglasscheiben. Ein Blick ins große Fenster »Undurchsicht«. Von außen lichterkettenschrill. Aufreizend rot und grün wie bei den leuchtenden Perückenläden, den glänzenden *Kuafören* und den *Hygiene-* pardon! *Erotik-Shops*. Selbstverständlich kein verstohlener, vielmehr ein wach besorgter Blick, weil bei tausenden von jungen Menschen die Regenbogenillusionen seit Taksim, Ankara und Gezi Trauerfarben tragen, Verletzte und 6 Totgemachte (manche sagen 11) und: Hoffnungswut. Ein Blick, der aufhorcht und Äußerungen vernimmt wie diese: »Über die Politik in der Türkei zu schreiben, ist ein Problem!« Unberechenbar sei sie vorhersehbar geworden.

An einem Ort, der ehemals Konstantinopel hieß, *das Politische* zu reflektieren, ist wortgeschichtlich eine Anmerkung wert. Die (alt)griechische Bezeichnung »polis« trat in den Dienst eines

Kaisers: *Stadt(staat) des Konstantin*. In der Antike war das Fundament der »polis« zeitweise der Raison verpflichtet, so zu regieren, dass Entscheidungen zum Wohle derjenigen gereichten, die in der Stadt das Domizil des Bürgerrechtlichen besaßen.

Nichts bleibt, wie es kam, und nichts kommt, wie es blieb. Vielleicht ist Politik das zynischste aller Fragezeichen. Wessen Revier ist Istanbul und wessen Jagdgrund die Türkei? Die der Wählerstimmenmehrheit oder die aller Menschen, die sich hier zuhause wähnen? Zwischen »Stadt« und »Staat« liegen austauschbar nur ein Konsonant und ein Vokal vor Anker.

*Avrupa* meint im Türkischen Europa und ist niemals unverfälscht zu übersetzen. Es ist, als bissen sich zwei fürchterlich in sich verzahnte Mundkaleidoskope. Wundgesponnene Fangfadenmuster.

Der hiesige »Altweibersommer« indes, er steht, bildphantastisch wahrgenommen, dem deutschen Ausdruck in nichts nach und setzt in diesen Breitengraden die September- und Oktobertage in einen anderen Vergleich: Eine Legende erzählt, die Kalorienkostbarkeit aus gepresstem Rindsfilet sei einst im Proviant der Turk-Nomaden ein sättigender Garant gewesen. Unter Satteltaschen trockengeritten. Die Kür der lauerbissigen Baldachinspinnen heißt auf Türkisch »Dörrfleischsommer«, pastırma yazı.

Es ist hungrig geworden am Bosporus. Und machenschaftlich schleierkühl.

»Nicht ich darf mich ihnen, sondern sie müssen sich mir annähern« hatte Mustafa Kemal, der spätere Atatürk, bereits 1918 ins Tagebuch notiert. Fünf Jahre vor der Gründung der laizistisch, *europesken* Republik. Angesprochen war der »niedrige Stand der allgemeinen Bevölkerung«. Der Aufschrieb könnte nachgeboren echolauten: »Nicht ich darf mich der bürgerlichen Freiheit und den Menschenrechten nähern, sie müssen sich mir annähern.« Insofern hat die Denkbewegung der Patriarchen prinzipientreue Traditionen. Das »Regierungstürkische« – es drängt sich auf – zieht schleichend die legislativen Zungenzügel an und verziert das demokratische Begehren mit einem Nagellack der Travestie.

Legal entstehen Illegale. Der Widerspruch wird vogelfrei. Kritik? Der Staat könnte beleidigt sein.

Die meisten Stellungnahmen dienen (auch) in der Türkei dem Machtgefüge. Wer zweifelnd hinterfragt, ist hinderlich. Der schläft nicht nur auf Steinen, der wird im besten Falle totbesteuert. Ansonsten weggesperrt.

»Der immer Siegreiche« war in der Reichsepoche der Osmanen eine der Heldenarabesken unter vielen für die Paschas und Kalifen. »Der über die Meinungsfreiheit Richtende« wäre die Seins-Kalligraphie für den, der heute sultaniert. Der mit den *Grundgesetzen* Gefängniszellen boomt. Demokratie sei keine Herrin mehr, hört man allenthalben. Sie sei die Kleistermagd, Personenkultplakate klebend. Im zementierten Leim imperialer Einkaufs- und Finanzpaläste. Im Namen des (einzigen) Glaubens angekapert.

Vor 50 Jahren lautete ein Bonmot, der Istanbuler sei jemand, der Gaumen habe, der den Geschmack des Wassers und des Weines kenne, alle Fische und ihre Namen. Eine Liebes- und Lebenserklärung.

Dieser Tage werden in Ankara Parkanlagen nach den Toten der »Gezi-Proteste« benannt. Ob das schon eine Wende ist? Wie gesagt: Das große Fenster »Undurchsicht«. Mit schrillen Lichterketten. Außen.

## **Istanbul**, dritter Brief

Als Kind wurde mir, fürsorglich gut gemeint, regelmäßig ein Zettel diktiert. Die Kindsvergehen von 1 bis 10. Einmal die Woche. Es ging zu Gott. In die Dunkelkammer der Sündenerlasse. Zum Beichtstuhlgeruch. Er schmeckte unheimlich, finster. Danach war der Abend das pure Gefühl eines Engels. *Ohn Frevel und Schand* und frisch gebadet, die Betten mit lenorigem Duft überzogen. Das war katholisch und samstags. Ein Satz, der mir Kummer bereithielt, weil ich ihn nie so wirklich verstand: »Herr Pfarrer, ich war – unschamhaft in Worten, Gedanken und Werken.« Und doch hieß es nach jedem Bittgang in verlässlichem Sermon: »Te absolvo, mein Sohn!« Ich fühlte mich frei. Schier auf ein Neues zur Tat motiviert. Ich stelle mir vor, das wäre in unseren Tagen Staatskonstitution und bindend. Kaum auszubeten, die Beichterei, die Abhörerei. Obschon auch heute das Lauschen halbreligiös NSA-funktioniert.

*Die Stadt geht früh dunkel.* Falsch? Im Grunde müsste novembervertrübt die Jahreszeitformel doch lauten *es wird früher dunkel.* Das Hilfsverbum »werden« sei dennoch Zweifeln anheim gestellt. Insonderheit dort, wo Silhouetten befürchten lassen, was geht. Was vor sich geht und rückwärtsschreitet. Die inneren Rätsel der Religionen sind nicht nur durchatmender Hoffnungsgestalt, Mut und Geduld. Oft sind sie gemachte Claqueure der Trieblust, der Macht und der Not. Beifall klatschende Dominosteine. Klack-Klack. Auch hier. Je dreist-legaler die Schattenerbauer auf Istanbuls Rücken Predigten werfen und Gebote verspannen, Bärte verwachsen. So schleichend. Das sei jetzt erst wahrhaft die Demokratie, weil Beamtinnen Kopftücher trügen. Auslegungssache? Es gibt nicht die eine Grammatik der Freiheit, die richtiger wäre, wo Glauben und Dogmen im Spiel. Das stimmt. Nur Ausruf, Wortfetzenbürde und *M:ahnung.* Manchmal, nur manchmal auch Laute, die klingen wie Verse. Als hörte man Flügel der leichteren Brise. Bisweilen scheint deshalb der Sang der zahllos schallenden Müezzine im windstill gekämmten Morgenerwachen von solch beruhigender Qualität. Doch häufig wenn's stürmt, dann donnern die Stimmen verzerrt und sie zerren nicht nur am Gemüt. Die scheppernden Fetzen bezerren die Seele. Wie Glocken die läuten und läuten und läuten.

Wenn man mich fragte, welch innere Skyline die Metropole am Goldenen Horn in Echtzeit darstellte, ich würde prompt reimen: »Istanbul, Stadt der Moscheen und Bankautomaten.« *Wes*

*Macht faltet wem die Hände?* – das würde ich denken. Nicht laut, nicht leise, aber besorgt. Was wird den Minderheiten im Land? Den Kurden, Armeniern? Den Christen, den Juden und den Aleviten, jene Muslime (fast 20 %), die nicht zur Moschee gehen zum Beten, dagegen Versammlungshäuser aufsuchen. Was Verschiedenheit war und anders ist, soll gesetzlich zusammengebracht werden, um wieder zu trennen. Die Frauen von Männern, zum Beispiel. Das kennen *Alevis* bis dato nicht.

Dieser dritte Brief ist keine »Reise nach Jerusalem« mit einem Ticket der Billig-Klischees. Auch nicht der Versuch, die Auftaktsure des Korans dem Vaterunser anzugedeihen oder dem Totengebet der Juden auf die Spuren zu kommen. Sie seien verwandt, sagte man mir. Sein Motiv zielt auf etwas Polares: Politik & Islam?

Eine Gesinnungsphrase will mir nicht aus dem Sinn. Als sie jüngst die Olympischen Spiele nach Tokyo vergaben, kommentierte der türkische Ministerpräsident emphatisch: »Das war eine Entscheidung gegen anderthalb Milliarden Muslime.« Dem ist an Zündelei nichts weiter hinzuzufügen. Lautet so die Botschaft des »Politischen Islam«?

Nicht minder eigen der tägliche. Die zusehends mit Schwarz und Sehschlitz bekleideten Jogger- und Nordic-Walkerinnen am Kai von Tarabya. Ein gängiges Bosporus-Bild und nicht bezahlt, vermute ich. Angeworben hingegen werden Frauen, die den ganzen Tag durch die europäischeren Viertel spazieren – mit Kopftuch. Das passt zum olympischen Nachsatz.

Bei einer Renovierung der Hagia Sophia, deren Los ein sehr wechselvolles war – erst christliche Basilika und Kathedrale, dann Moschee und schließlich Museum (noch) – wurde ein Engel freigeputzt, der vor hunderten von Jahren wohl heimlich von einem Maler, der die Aufgabe hatte, das christliche Gotteshaus in eine Moschee umzupinseln, ob seiner Anmut verschont worden war. Nun sieht man ihn wieder. Als Kunstwerk.

Wie viele Gipsschichten sind womöglich vonnöten, wenn Aussagen mauern wie die erwähnte: »Das war eine Entscheidung gegen anderthalb Milliarden Muslime«? Wäre die logische Folgerung dann, die Vergabe der FIFA-WM nach Katar sei eine Entscheidung gegen 2,26 Milliarden Christen gewesen? Welch Unsinn!

**Istanbul**, vierter Brief

*D Zitt raibert sich devu. E Siech in z große Schlappe.* Die Schultern eingezogen. *Käp om Friere* die schnelleren Schritte. Als kröchen sie an Land in satten Sprüngen. Sturmansätze, Wellenschläge, vehementere. Es ist November. Gegen Ende.

An den Frischfischständen von Istinye und in Yeniköy hängen bald nach 22 Uhr Glühbirnen an ihren Kabeln kühl und traurig von den durchgedrückten Budendecken. Fahle Teilnahmslosigkeit wie Relikte in resignierender Distanz. Ihr transparenter Lichtlosschein streckt dem selbstgezimmerten Hüttenwerk einen verwaisten Reste-Schattenriss. Gehäuse und Fragment. Erinnerung der Stegreifmärkte des jüngst vergangenen Sommers. An sich selber abgenutzt. Aufgebraucht. Die Uhrenpendel, auch die der Menschen – so will es scheinen – bewintern sich allmählich. Ziffernblatt und Zeiger manteln ein und schieben die Kai-Kulissenleichte der helleren Tage ins Dunkelschwere der gesetzten Ruhe. Spätherbstfetzen machen frösteln. Der Wind, der mehr als *nu loschore duet un wunderfitzt*, fegt Leere auf die Straßen. Und Regen fällt. Hartnäckig, gründlich. Er trägt das wundbeschirmte Wissen der Gedächtnislücken. Die Fülle abberufen. Ein Brecht-Theaterstück der nassen Laubfallkörper. Ausgemergelt, schleichend. Einsiedlerkarg. Das öde Ufer gemahnt an Eremiten. An Einsamkeit. Die Seelensehnsucht mit warmen Mützen noch tiefer ins Gesicht gezogen. Wie die der kauernden, hinter dem Fang (zumeist Nicht-Fang verharrenden) schier schütteren

Angler am Bosporus. Wasser und Rauch, so mutet das allabendliche Panorama an, gehen die Synthese einer verschworenen Lagerromantik ein. Die Männer eingemummt. Ins Eigene verloren und Löcher starrend. Was auf Türkisch Grübeln heißt, das weiß ich nicht. Aber vom Schnaps macht ein Satz die Runde »Ich wollt ich wär ein Fisch, der im *Rakı* schwimmt«. Anis, Bier und Angelrute und: das Vergessen – sie dürften manchen Notkunft sein für das ortserprobte Meditieren.

Dieser letzte Brief schnürt bereits die Reisestiefel, packt ein, was mitzunehmen, was zurückzulassen wäre, und treibt als Flaschenpost ans Ziel der Jahreszeit. Und ist ein ferner Gruß, an die, die ich hier traf, mit denen ich die Augenblicke teilte, die bleiben. Die alte Frau zum Beispiel, deren Musik ich lauschen konnte auf der İstiklâl, die *Freiheit* meint und *Unabhängigkeit*, und doch so viele Bettlerleiber kennt. Ohne Beine, ohne Hände. Die Ausgezehrte, die um ihr Leben spielte auf der Gitarre und scheppernd sang und nicht einen ihrer Finger auf dem Griffbrett hin und her bewegte. Ein zerrend Lied das mich berührte. Ein Brief auch an das Kinderstreunen, das nur Straßen kennt und Flucht. Ein Brief an die Andacht der Maroni-Händler, die mit der Zärtlichkeit der Liebenden die Esskastanien schälten, wendeten; stellvertretend an sie für alle *Simit*- Muschel- Wasserflaschen- und Pistazien-Verkäufer. Dem Müllmann sei dieser Brief gewidmet. Demjenigen, der morgens um halb fünf Tarabyas Nacht fortkehrte. Sein Sinn aus Alltag und Hygiene möge die ärmeren der Stadtgebiete einst ebenso erreichen. Den türkischen Wachmännern und -frauen der Sommerresidenz der Deutschen Botschaft sei dieses Schreiben; jenen, die es sich nicht nehmen ließen, in aller Höflichkeit Tür und Tor zu öffnen: es geht in Uniform auch anders. Den Dösenden und Lächelnden, den Lesenden, Entrückten; den Jungen, Alten auf den Metrostrecken zwischen Haciosmann und Taksim sei dieser Gruß und der Galanterie in jedem *Dolmuş* (den Mini-Bussen) das Fahrgeld durchzureichen. Den Gesprächen mit den Zufallsunbekannten und dem Ungesagten, das nichtsdestotrotz Willkommensgesten führte. Dem Widerstand in den Augen besonders junger Menschen; den Schülern, den Studenten, die sich angesichts der Repressalien nicht geschlagen geben und oft kaum weiter wissen, weil die Macht so mächtig und der Staat so staatsabstrakt nicht hinterfragt, nur prügelt. Schließlich den Dichtern aus Istanbul, Ankara, Diyarbakır und andernorts in der Türkei, deren *W:orte* Hoffnung schreiben und Mut gegen den Ballast der Politik der kruden Lira-Landvermesser.

»Anatolien, das bin ich« schrieb der Dichter Ahmet Arif in seinem Poem *Anadolu*: »Stürz nicht in dich zusammen / So elend und so fremd / Wo du auch bist / Im Verließ und auf der Straße, im Hörsaal, in der Menge / Beug dich nicht – sei Widerstand / Spuck ihm ins Gesicht / Dem Speichellecker, dem Intriganten / dem Verräter / Sei Widerstand mit deinem Wissen / Sei Widerstand mit deinem Tun / Sei Widerstand mit Haut und Haaren / Mit Hoffnung, Liebe, deinem Traum / Sei Widerstand, enttäusch mich nicht.«

# Fotow:orte

**Bosporus** heißt im Türkischen *boğaz* und bedeutet so viel wie »Schlund« oder »Hals«. Wenn ich von meinem europäischen Fenster aus nach Asien hinüberschaue, könnte ich den Hals nicht vollkriegen angesichts der unzähligen Schiffe, die vorüberfahren. Über 50.000 seien es im Jahr die vom Mittelmeer kommend ins Schwarze oder vom Schwarzen Meer ins Marmara- dann Mittelmeer die Wasserstraße passieren. Sie gleiten nicht dahin, wie ich geglaubt hatte, sondern durchpflügen die »Ochsenfurt«, so sein Name bei den antiken Griechen, in rasender Geschwindigkeit. Nachts darf nur eine sehr begrenzte Anzahl von Frachtschiffen und Tankern (und die ganz großen ausnahmslos mit Lotsen) hindurchschippern. Dann hat man Zeit zum Träumen. Von Jason, beispielsweise, auf dem Weg nach Kolchis zu Medea, um mit ihnen gemeinsam das Goldene Vlies zu rauben, das Schafsfell voll Reichtum und tragischer Verstrickung.

CAPITAL

## Selbstportrait mit roten Schuhen und gelbem Blatt an einem Grab in T.

Der Herbst fällt das Vergängliche ins Schweigen und ein Totenacker erzählt von der Flüchtigkeit der Zeit. Im Park der Sommerresidenz der Deutschen Botschaft in Tarabya befindet sich ein deutscher Soldatenfriedhof. Auf einer Anhöhe Gefallene des Ersten und des Zweiten Weltkrieges. Erschossen. Verbrannt. Ertrunken. Der Hügelrücken und seine Gräberreihen im Schatten einer rauen Stille. Sie ist begehbar. Auch das Gedächtnis an diejenigen, die auf dem Grund der Dardanellen liegen, wird wachgehalten. Nicht nur das an die Deutschen. Der Hellespont ist durchschnittlich 50 m tief. »Bei jeder Überfahrt zwischen Kleinasien und der Halbinsel Gallipoli beschlich mich der Gedanke an die zahllosen Gebeine unter mir«, gestand mir die Dokumentarfilmerin Regine Dura, als wir uns im August über ihren Drehfortgang unterhielten. 2014 werden seit Ausbruch des Ersten Weltkrieges 100 Jahre vergangen sein. Regine Dura bereitet mit Hans-Werner Kroesinger, einem bedeutenden Vertreter des zeitgenössischen Dokumentartheaters, ein Erinnerungsstück vor. Ihr Arbeitstitel »1914«. Ihre Filmerkundungen ein Teil davon. In diesen Tagen ist das Mittelmeer erneut zu einem Grab geworden. Zum wiederholten Mal. Das Wasser nicht nur um Lampedusa nannten die Römer vormals »Mare Nostrum« – *unser Meer*. Seine Strömung trifft im Bosporus auf die des Schwarzen Meeres. Sie vermischen sich nicht. Das liegt an der jeweiligen Dichte. Der Salzgehalt der Wasser ist zu verschieden. Jede Strömung in ihrer Wirklichkeit. Jedes Wasser mit seiner Geschichte. Auch die der Namenlosen von einst. Von heute. Der Soldatenfriedhof in Tarabya sei »gräberoffen«, ließ uns Istanbul-Stipendiaten ein deutscher Offizier der Nato bei einer Ortsbegehung vor ein paar Wochen wissen. »Es gibt unter unseren Soldaten in Afghanistan einige, die im Falle eines *Todes im Einsatz* nicht in Deutschland sondern hier am Bosporus beerdigt sein wollen.« Der Herbst fällt das Vergängliche ins Schweigen und ein Totenacker erzählt nur scheinbar von der Flüchtigkeit der Zeit. Im Grunde spricht er von ihrer Anwesenheit.

## In Istanbul ist »Menschenleere« ein sattes Fremdwort

Nicht jedes Englisch am Goldenen Horn steht so akzentfrei da wie die Zwillingsbegriffe »traffic und problem!« Eine Standardformel der Taxifahrer lautet: »Istanbul, traffic problem! Big, big!« Die rasende Geschwindigkeit, mit der sich die Stadt in alle Himmelsrichtungen (inclusive Firmament) ausdehnt, füttert deren Lira-Zähler und entschlackt ganz nebenbei den Fahrgast. Nicht nur monetär. Letzterer kommt in aller Verkehrsregel nicht umhin, irgendwann den Stau als Geschenk anzunehmen. Blech-Yoga. Autosuggestives Training. Meditation. Das dünne Nervenkostüm verstopft sich dann wohltuend und lammfelldick. Kontemplative *Dörflichkeit* in der Mega-City. Alsbald grasen die Augen beschaulich durch die Gegend. Völlig entspannt. Während der Taxifahrer immer noch meint, Trost spenden zu müssen, indem er von einer dritten Brücke über den Bosporus und dessen zusätzlicher Untertunnelung radebricht oder den größten Flughafen Europas anpreist, der schon geplant sei, und auf den weiteren Streckenausbau der Metro hinweist. Alles big, big!

## Wächterin der vergessenen Biographien

18 Millionen Menschen. Die offizielle »Stadtistik« sagt 16. Beides ist jenseitig und wird surreal wahr, wenn man sich über die İstiklâl Caddesi (*Straße der Unabhängigkeit*), die Promenier- und Shoppingmeile zwängt. Irgendwann flieht selbst der Menschentauglichste in die Seitengassen der Seitengassen der Seitengassen. Die Haut will Luft. Einkehr bieten in diesen Atemwinkeln der Stadt die Trödler. Staubgeschäfte wie begehbare Setzkästen. Alltagskurioses, Überbleibsel. Vom Filmplakat der 70er über Knopflöcher osmanischer Zeit. Von Pariser Eiffeltürmchen bis zum Triberger Hirschgeweih. Pfeifen- und Häkelspitzen, Brillenetuis, Rasierpinsel, Teetassen, Tischbeine. Das unversöhnliche Undsoweiter. Ich entdeckte Koffer voller Fotos. Postkarten, Briefe. Entrümpelte Alben, ausgeräumte Menschen. 1 Lira pro Stück. Manchmal dösen Katzen auf dieser Vergänglichkeit. Als wachten sie über die vergessenen Biographien und untersagten das Herumwühlen in verlorenen Geschichten.

R. J. ELLORY
SEUL LE SILENCE
The Master
& Margarita

## »Die Türkei wandert nach Westen«

Bau. Boom. Beben. Auch »Beten« teilt den zweiten Buchstaben des Alphabets. Istanbul schießt in den Himmel. Ganze Stadtteile aus Beton, Glas, Metall. Das All rückt näher. Alles umsonst? Wie viel davon ist auf Sand gebaut? Wie viele Menschen werden sterben, wenn sich die 1600 Kilometer lange Verwerfungslinie von Ostanatolien bis zum Mittelmeer nach Westen schiebt? Experten rechnen mit 100 000 Toten. »Das schlimmste Szenario«, sagt ein Geologe, sei ein Beben der Stärke 7.6 über eine Dauer von zwei Minuten. »Erst stürzen die Häuser entlang der Marmaraküste ein, dann türmen sich Tsunamiwellen von bis zu neun Metern Höhe über der Küste auf.« Die Architekten der neuen Skyline Istanbuls scheint das nicht zu stören. Oder doch? Für den Tag X hat jeder Haushalt eine Erdbebenkarte. Die Vorwarnzeit betrüge 3 Sekunden. Bedürfnis, Bedrängnis und Bestand.

### »Manchmal schaffen Geschäfte eine Art von Toleranz«

Bei einer Lesung traf ich den Romancier Mario Levi. Er sprach vom Vergangenen. Als die Stadt noch ein spannender Fächer der Kulturen, der Ethnien und Religionen war. Levi ist Türke sephardischer Herkunft. Jene Juden, die im 15. Jh. von den Katholischen Königen aus Spanien vertrieben wurden: »Werde Christ oder verlasse das Land!« Einst prägten hier Juden, Christen und Muslime das Leben. Heute ist die Wirklichkeit anderer Natur. Die Vielfalt, so sagt Levi, sei eine innere – Zaza, Kurden. »Landflucht« lernte ich einst. Eine multikulturelle Metropole ist Istanbul längst nicht mehr. Was mit den Armeniern geschah, ist bekannt. Die Griechen vertrieb man. Neusiedler sind vor allem Russen und Chinesen; Touristen gibt es zuhauf. Am Devotionalienstand vor der Hagia Sophia funktioniert das religiöse Nebeneinander. »Manchmal schaffen Geschäfte eine Art von Toleranz«, sinnierte die Autorin Katja Lange-Müller, als ich ihr das Foto zeigte.

ALLAH
MUHAMMED
AYET-EL KURSI
Istanbul

## Engelszungen

Engel sind Kult. Wer kennt sie nicht, die Schutzengelgebete. Manchmal müssen sie sich jedoch regelrecht einmummen. Fett fiedern. Wie die Seraphine der Hagia Sophia. Dieser allerdings *wurde* winter- bzw. *menschfest* gemacht. Im 19. Jh. unter sieben Gipsschichten verschont. Oder versteckt? Kein Wunder bei der aufrührenden Bilder-Geschichte des Gotteshauses: Kirche, Moschee, Museum. Die Christen gestatten sie, der Islam verbietet bildliche Darstellungen, das Museum lebt davon. Dieser stirnrunzelnde Bote Gottes ist 2009 wieder entdeckt worden. Sehe ich Engel, fällt mir Paulus ein: »Wenn ich mit Menschen- und mit Engelzungen redete, und hätte der Liebe nicht, so wäre ich ein tönend Erz oder eine klingende Schelle.« Passend zu manch posaunendem Blendwerk am Goldenen Horn... Aber meine Gedanken *sin au dohoim, bi de Fasent,* beim vorgestrigen 11.11. *Do isch doch ebbis gsi* mit jenem »tönend Erz, Schellen und Hansele-Glocken«...

## Bildungslücken

Am Fischstand stehen und mit dem Schulterzucken des touristischen *Wäldlers* vor sich hin rätseln, welcher Fisch von wo und an welcher Stelle der Strömung und zu welcher Jahreszeit und ob er überhaupt einen Namen und wie er auf den Gaumen übersetzt werden könnte – der Zustand gleicht einem meeresbiologisches Analphabetentum erster Güte. Ohne die grätenkundige Empfehlung eines Einheimischen, der Fischer oder sonst wie angelfest, ist es mehr als nur ein hilfloses Unterfangen im Netz der Unkenntnis. Vom Blaufisch beispielsweis wird gesagt er sei *der* Fisch. Viel köstlicher als die rote Meerbarbe oder der fleischige Seebarsch. Er verkörpere wie kein zweiter Istanbul, hieße aber je nach Stadtteil völlig anders. Er schmecke am Vorzüglichsten, der gierige Bosporus-Räuber, der hinter den Makrelen her ist wie der Städter hinter dem Heißhunger auf ein warmes Fischbrötchen in einer der improvisierten Freiluft-Tavernen am Wasser.

## Zeitflüge

Von Brecht stammt der Satz, Zeit sei immer konkret. Ich begreife: Alles ist Gegenwart. Vergangenheit und Zukunft nur ihr Schatten, ihr Schirm. Hier und Jetzt. Der Rest sei Vorstellung. Abstrakt. Ein sechzehnjähriger Schüler des *Istanbul Erkek Lisesi*, das Vorzeige-Gymnasium am Goldenen Horn und mit den Kaufmännischen Schulen in Hausach partnerschaftlich verbunden, sagte mir eines Gespräches bei einer Schreibwerkstatt, die ich die letzten Tage für Schülerinnen und Schüler dieser Schule gegeben habe: »Die Zeit vergeht, Istanbul bleibt.« Ich dachte sofort an die Nebelkrähe. Das Foto heißt *Terminal 1*. Ankunft / Abflug. Oder umgekehrt? Ich kann mich nicht mehr erinnern, ob der gefährdete Vogel im Begriff war fortzufliegen oder ob ich mit meiner Kamera den Augenblick seiner Landung festgehalten hatte. Eigentlich bedeutungslos in einer Stadt, die eine einzige Bewegung ist. Die Zeit vergeht, Istanbul bleibt. Ganz konkret.

## Schwarzwaldköy

*Köy* bedeutet Dorf auf Türkisch und Zeit heißt *saat*. Korrekt ausgesprochen ist der erste der 8 türkischen Vokale ein doppelter Selbstlaut. A und A. Wie in Alpha. Wie in Anfang. Ständig Aufbruch und ist mir doch in den letzten Monaten mein »Schwarzwalddorf« auch in Istanbul zuweilen begegnet. Am Vertrautesten in Kadıköy. Der Kuckuck rief gleich dreifach. Oder war sein Schrei nur Scheinton? Davor, danach, dazwischen? Uhrzeitenvielfalt und Zeit überhaupt! Sie wurden zum Geschenk und ließen mich auf-hören. Nestnomade, der ich bin. Vielleicht ist *die Zeit* doch die große Schwester der Sehnsucht. Ost und West, Süd und Nord. Das Verlangen nach Stadt, die Geborgenheit nach Hause. In anderen W:orten: Daseins-Vorüberheiten. Nazim Hikmet hat es einst so wesensklar benannt. In einem Liebesgedicht an seine Vera: »Dich zu lieben ist übers Meer zu fliegen / zum ersten Mal die Dämmerstunden fühlen / die Istanbul scheu und sanft berühren.«

Rebecca Horn

# Das Zungenhaus des Sultans

## Das Zungenhaus des Sultans

Die Zunge schlürft Informationen ins Innere
im Feuer die Essenzen schüren
aus dem Hirngestrüpp tänzelt eine weiße Rauchsäule
verbindet sich mit den Winden über der Stadt.

Joachim Sartorius

# bin ohr & klang der stadt & gehe, gehe

*Eine Nachbemerkung*

## bin ohr & klang der stadt & gehe, gehe

1. Dieses Buch kommt uns in großzügiger Vielgestalt entgegen. Eine Spiegelung der Vielgestalt Istanbuls? Kurz- und Langgedichte, hingestückte lyrische Prosa, Briefe, Fotografien des Autors und Texte zu diesen Bildern. Also im besten Sinne ›romantische Fragmente‹, die sich beim Lesen nach und nach zu einem subversiven Ganzen fügen.

Aber was eint jenseits von Sprachsensibilität und Spracheigensinn des Autors dies alles? Es ist der Buchstabe T., oder besser gesagt, was sich hinter diesem T. verbirgt. T. steht für Tarabya, eine Ortschaft am Bosporus, rund 16 Kilometer vom Zentrum Istanbuls entfernt. Fährt man in die andere Richtung, erreicht man nach 12 Kilometern das Schwarze Meer. Tarabya hieß in den alten Zeiten »Therapia«, das griechische Wort für Therapie, Anspielung auf die gesunden Lüfte, die hier wehten, auf bewaldete Hänge, die es zum Teil immer noch gibt. Am Rande von T., direkt am Bosporus, steht in einem gewaltigen Park die kaiserliche Sommerresidenz des deutschen Botschafters. Neben ihr »zerfallen villen wie träume« heißt es in dem Eröffnungsgedicht. Und in der Tat gibt es hier, erbaut um 1900, einige hochherrschaftliche Anwesen, die sich mit einer Aura verblasster Pracht und langsamen Verfalls umgeben.

Von diesem Refugium aus hat José F. A. Oliver die große Metropole Istanbul erkundet - einst, wie die Reiseschriftsteller des 19. Jahrhunderts unisono sagten, der schönste Ort der Welt. »Reiseschriftsteller verlieren dort den Verstand«, schrieb Edmondo de Amicis in seinem Istanbul-Buch von 1878, und führt sie zum Beweis alle auf: »Perthusier stammelt, Tournefort nennt die menschliche Sprache ohnmächtig, Pouqueville glaubt sich in eine andere Welt entführt, La Croix ist im Rausch, der Visconte di Marcelles wird ekstatisch, Lamartine dankt Gott, Gautier fragt sich, ob es wirklich sei, was er sieht; und alle häufen Bilder auf Bilder, lassen ihre Federn Funken sprühen.« Nun, rund

150 Jahre später, ist das alles anders. Istanbul, vielleicht von seiner unzerstörbaren Lage her immer noch die schönste Stadt der Welt, ist ein Moloch geworden. Istanbul heute ist ein Ansturm. Istanbul heute ist eine Zumutung. José F. A. Oliver, kein Reiseschriftsteller, ein Dichter mit äußerst verfeinertem Sensorium, hat genau hingesehen, genau hingehört, auf endlosen Wanderungen. Und schon das Prologgedicht gibt Kunde von einer beginnenden Osmose. Oliver wird zur Stadt, sein Mund wird der Mund der Stadt, den die Stadt küsst. Er geht und geht, und die Stadt geht und »geht ihren gang.«

Bei diesen Zeilen musste ich an ein Spiel von Liebenden denken. Der Liebhaber schreibt mit seinem Zeigefinger auf den Rücken der geliebten Person Buchstaben, die sich zu Worten fügen, und die geliebte Person muss diese Worte erraten, bevor sie der Liebhaber wieder wegwischt und neue Worte auf die Haut schreibt. Istanbul wird von Oliver beschrieben, und die Stadt errät seine Worte und errät sie nicht. So, scheint mir, bespielt der Dichter auf sinnlichste Weise die Grenze von Lesbarkeit (der Stadt) und fremder Ästhetik.

2. In den Istanbul-Gedichten von José F. A. Oliver gibt es eine Aufteilung des Sinnlichen. Zum einen die sinnlich erfahrbaren, wahrnehmbaren Details der Stadt und Oliver findet hierfür berückende Bilder: »brotwarmzärtlich« ist der Leib der Sonnenbadenden am Bosporus. Er nimmt den »totgefahrenen Flug« einer Taube wahr, die auf dem Straßenasphalt verendet. In Besiktas spielen die jungen Roma »handyleicht mit dem Bewusstsein / ihrer Herkunft.« Alle diese Wahrnehmungen übrigens ganz ohne Vergangenheitsseligkeit. Das neue Istanbul wird immer wieder angesprochen, die „shopping malls“ und Glastürme in Levent, die »satellitenempfänger« und »die künftigen kalenderrisse in der megacity«.

Zum anderen geht es Oliver um das, was Sinn macht, sinnhaft ist, und das ist schwierig, weil unser westeuropäisches Deutungssystem hegemonial funktioniert. Hier helfen dem Dichter seine andalusischen Ursprünge. Er fotografiert das religiöse Nebeneinander an einem Devotionalienstand vor der Hagia Sophia. Das Kreuz des armenischen Gotteshauses in Kadıköy im gleichnamigen Gedicht wird vom Sichelmond der türkischen Flagge verhüllt, Sinnbild scheiternden Synkretismus. Oliver historisiert nie seine Reflexionen, unterlegt sie aber manchmal mit türkischer Geschichte im Zeitraffer (»erklären Sie mir die Türkei«) und auch mit deutsch- türkischer Historie. In dem ergreifenden »notat für Regine (Dura) & Hans-Werner (Kroesinger)«, die wie er Gäste der Kulturakademie Tarabya waren, verschmelzen auf dem Soldatenfriedhof im Botschaftspark »habengedenken & allahgottesackern«. Oliver ist ein Wortschatzgräber, und er spricht oft im Staccato. Die Neurobiologie hat uns gelehrt, dass die ›Jetzt-Zeit‹, also die Gegenwart genau 2,9 Sekunden lang dauert, und so haben die Verse von Oliver wenig Hebungen. Sie entsprechen dem eigenen individuellen Körperrhythmus und dem Rhythmus der Stadt. Siehe Osmose. Siehe Sog. Oliver macht es dem Leser nicht immer leicht, zwingt ihn zum Nachdenken, Kombinieren, Atemwechseln. Nach und nach werden wir so zu seinen Sprachspürhunden, die an der Ecke jeden Verses etwas entdecken, unerhörte Bilder, ziehenden Rhythmus, »wahnsymphonische« Musik und »die sich niemals ergebende nähe der schönheit«.

3. Die Komplexität von Istanbul (und der Türkei) ist präsent in diesen Gedichten und Briefen: Arbeitslosigkeit, schleichende Islamisierung, Probleme mit den Minderheiten, die syrischen Flüchtlinge, das Spannungsverhältnis zu *Avrupa*, der nicht so ferne Krieg (Kabul), die Unterdrückung in Ägypten oder, ganz nah, die Niederschlagung der Aufstände rund um den Gezi-Park.

Oliver wurde Zeuge dieser »hoffnungswut«. Und immer wieder die große Stadt, ein »menschenatlas voller wirklichkeiten.« Die Schlusszeile des Gedichts »am bosporus, es sind« mag seine Situation resümieren: »im einsamkeitstaumel ein plural der dinge«.

Oliver hat diesen Plural zu bannen versucht, mit seiner Sprache, aber auch mit der Kamera. Die Fotografien belegen, was wir von den Gedichten längst wissen: Dass er ein elend scharfes Auge hat. Dieses Auge kann Situationen erfassen und sich davon genaue, verwunschene, mitunter auch zärtliche Bilder schaffen. Der Blick aus seiner Wohnung in T. ging auf den Bosporus. Eines der unablässig vorbei ziehenden Containerschiffe hat er mit der Kamera ›fest‹ gehalten, und wir hören den »dumpfen alttraktorklang«, wenn wir das Fotow:ort zu diesem Bild lesen.

4. Ganz am Rande erzählt dieses Buch auch von einer Dreiecksgeschichte, die kurz erzählt werden sollte. Rebecca Horn hatte im August 2013 eine Ausstellung in Istanbul. Ich begleitete sie. Für die zentrale Skulptur dieser Ausstellung schrieb sie das Gedicht »Das Zungenhaus des Sultans«. In dieser Zeit war Oliver Gast in T. Die beiden hatten sich auf einem von mir in Dubai organisierten Poesiefestival vor einigen Jahren kennen gelernt und erneuerten in Istanbul ihre Freundschaft. Diese besondere Konstellation drückt sich nun darin aus, dass Rebecca Horn die Zeichnung für den Umschlag schuf, ihr Istanbul-Gedicht hier wieder abgedruckt wird und ich, der lange in Istanbul lebte und über die Prinzeninseln schrieb, auf Wunsch des Dichters ein Nachwort verfasse, das nun endlich an sein Ende gelangt.

# Anmerkungen

**unBekannte Wörter und Sätze, vielleicht**

*Aus dem Türkischen*

sucu: Wasserverkäufer
yakamoz: »Der Mond der sich im Wasser spiegelt«
köy: meint »das Dorf«
kadı: meint »das Richteramt«
dolmuş: »Mini-Bus«
kuaför: Friseur
Avrupa: Europa
yazı: »Dörrfleischsommer« (»Altweibersommer«)
Rakı: Anisschnaps
Anadolu: Anatolien
boğaz: Schlund oder Hals. Meint den Bopsorus
bitte ergänzen:
arkadaş: Freund
simit: ringförmiges Hefeteiggebäck mit Sesam-Körnern auf der Kruste
yalı: Sommervillen und -residenzen in Holzbauweise vor allem am Ufer des Bosporus

*Aus dem Spanischen*

nana: Wiegenlied
cada uno con su tema: meint »jeder in seiner Welt«

*Aus dem Alemannischen*

»D Zitt raibert sich devu«: Die Zeit stiehlt / räubert sich davon
»E Siech in z große Schlappe«: Ein »Dahinsiechender« in ausgelatschten Schuhen
»nu loschore duẹt tun wunderfitzt«: neugierig ausspionieren / aushorchen
»sin au dohoim«: sind auch daheim / zuhause
»do isch doch ebbis gsi«: da war doch etwas
»bi de Fasent«: bei der Fastnacht
Hansele-Glocken: Glocken am Fastnachtshäs. Eine der traditionellen Hausacher Fastnachtsfiguren.

Das Zitat auf Seite 34 ist eine Grabinschrift auf dem deutschen Soldatenfriedhof.

## ¡Gracias!

Ich danke Rebecca Horn für die inspirierende Cover-Zeichnung und die Abdruckgenehmigung ihres Gedichtes »Das Zungenhaus des Sultans«. Ein großartiges Geschenk! Joachim Sartorius danke ich für seinen einfühlsam-poetischen Begleittext. Herzlichen Dank auch der Mittelbadischen Presse. Die Redakteurinnen Claudia Ramsteiner und Dr. Jutta Hagedorn hatten es mir ermöglicht während meiner Zeit am Bosporus sowohl meine 4 Briefe als auch die 10 Fotow:orte im Offenburger Tageblatt regelmäßig abzudrucken. Das war eine schöne Verbindung nach Hause in den Schwarzwald.

Erste Auflage Berlin 2016


Göhrener Straße 7, 10437 Berlin
info@matthes-seitz-berlin.de



Umschlaggestaltung unter Verwendung
einer Zeichnung von Rebecca Horn
Satz: Tom Mrazauskas, Berlin
Druck und Bindung: Pustet, Regensburg

ISBN 978-3-95757-283-7

www.matthes-seitz-berlin.de